마음 연못

책 만 드 는 집　시 인 선 1 4 2

마음 연못

이
향
자
　
시
집

책만드는집

근황

때로는 행복하고
때로는 슬프고

그 사이 디딤돌 놓고
왔다 갔다 지냅니다

일상은 날씨 같은 것
그러려니 합니다

－2020년 새봄
산수유 피는 용마산 자락에서
이향자

| 차례 |

2부 달빛 여울지는 그리움의 강가

3부 연잎 피우는
여명의 속삭임

4부　숲 속의 산책길
그림 같은 나의 뜨락

5부   슬픈 빛깔 위에
눈이 내립니다

1부

산새들 노래가
신록으로 피는 숲

덩굴장미 터널

눈이 먼저 웃는 그대 저만치 오시네요

그대 앞에 수줍은 나 볼우물로 웃습니다

민망한 착각입니다 꽃 터널 탓이지요

신록

산새들 사랑에는 상처 따윈 없겠다

나란히 앉았다가 나란히 날다가……

동고비 어린 사랑이 신록처럼 피고 있다

우수

인동덩굴 돌담장에 밑그림을 그리고

베갯모 원앙 한 쌍 시집가라 부추기고

봄비는 언 땅을 두드리며 온 동네 쏘다니고

수선화

연두 치마 살짝 들고
노란 모자 갸웃 쓰고

춤추는 발자국에서
카나리아 소리가 난다

수선화 헤살거리는 길
바야흐로 봄이다

꽃보라

올봄에도 산벚나무는 내 시를 읽습니다

시 한 편 가슴에 품고 슬며시 기대면

연달아 손뼉을 치며 꽃잎을 뿌립니다

꽃 덤불

봄 햇살 따사로운 개나리 울타리에

재잘대는 꾀꼬리 시늉하는 꽃송이들

고구려 유리왕 황조 날아올 듯하여라

미술관 앞마당

생동하는 그림을 앞마당에 두었네요

커다란 하늘 화폭 살구나무 꽃구름

우러러 감상합니다

낙관은 없습니다

숨은 꽃

잔디 푸른 무덤가에 고개 숙인 둥굴레꽃

풋풋한 잎사귀 아래 함초롬히 숨어 있다

순진한 산골 아가씨 눈빛이 잔잔하다

꽃의 여왕

부귀한 신라 여인 붉은 비단 옷자락

건드리면 스러질까 향기로운 숨결이여

모란화 노란 꽃술의 호랑나비 부러워라

햇살

빨랫줄의 옷가지 요리조리 비추고

뚜껑 열린 장항아리 갸웃갸웃 살피고

늙으신 어머니 등을 쓰다듬고 쓰다듬고

풍경 소리

혼자 놀기 심심한 처마 끝의 곡예사

대숲에 잠든 바람 함께 놀자 깨웁니다

정갈한 절 마당으로 쏟아지는 은빛 소리

환생

무엇 하러 왔을까
멀고 먼 이곳에

꽃양귀비 무리춤
그야말로 눈부셔라

황홀한 저 몸짓으로
무슨 일 또 내겠네

풀숲 화음

풀벌레들 연서를 쓴다
아름답게 다듬는다

간절하게 읽어보고
요염하게 읽어보고

제각각 목청을 다듬어
배필감을 찾는다

굴참나무

약수터 옆에 사는 커다란 굴참나무

듬직한 허리를 정답게 안았더니

도토리 떨어지는 소리

토닥토닥 대답 소리

선경

호젓한 산길 아래 거울같이 맑은 소沼

오색 단풍잎이 나비처럼 날아들면

떠들던 등산객들이 말을 잃고 봅니다

모과

모과 향기는 모과꽃
모과 품속 여린 꽃

너의 매력은 도도함
깊이 감춘 찬 눈물

내 시는
내 마음속 너
잘 익은 모과 한 알

그 여자

사과 향기가 은은히 배어 있는 여자

엷은 미소 머금고 가만가만 말하는 여자

허브차 사이에 놓고 마주 앉고 싶은 여자

용꿈

매력적인 남자 배우 인생 얘기 듣다가

유튜브 켜둔 채로 깊은 잠에 들었다

바닷가 모래밭에서 멜로 영화 찍었다

좌우명의 변천사

가야 할 길 찾을 때
'두드려라 열릴 것이다'

우울할 때
'내가 웃으면 세상이 웃는다'

요즈음
'행복은 전염된다
나부터 행복하자'

2부

달빛 여울지는
그리움의 강가

고향집 식물원

지금 와 생각하니 내 어릴 적에 시가 싹텄다
마음 고픈 아버지가 빈 땅마다 꽃을 심어
꽃들과 이야기하며 구김 없이 자랐다

어머니는 자식들 고픈 배가 우선이라
먹을 것과 입을 것 유실수를 심었다
감나무 푸른 그늘에서 순수하게 자랐다

산수유 답장

그리움 가득 담아 당신께 보낸 편지

긴 겨울 건너서 답장이 왔습니다

사랑이 넘쳐나는 글

봄빛이 읽습니다

아니겠지

딸이 꽃을 샀다며 카톡 사진 보내왔다

안갯속 젊은 날들 서러움 달랬던 꽃

어미를 닮았나 하고 가슴이 철렁했다

고향 강가

문득 외로운 날 아련한 기억 저편
드넓은 강가에는 하얀 모래 하얀 돌
납작한 돌을 잇대어 모래 위에 깔았지

멱 감다가 추워지면 따뜻했던 하얀 돌방
혼자서도 잘 놀던 여름날 까만 아이
수십 년 타향살이에 외로움도 자랐다

배롱나무 연가

옛사랑을 들먹이며 여름 내내 손짓했지
꽃그늘 드리우고 내 발목을 잡았지
한 번쯤 만나보라고 내 마음을 흔들었지

옛 노래 부르며 숭얼숭얼 부풀던 꽃
꽃가지 흔들리면 나도 따라 설레더니
어느덧 지는 백일홍 백 날이 가고 있다

네잎클로버

오래된 등걸에서 햇가지가 자란다

나도 한때 너를 바라 해후를 꿈꾸었지

네가 준 네잎클로버 책갈피에 아직 있다

봄빛 환영

자운영 꽃물결을 헤치며 걷는다

논물에 꽃 그림자 그 곁에 내 그림자

생머리 찰랑거리며 논둑길을 걷는다

보리밭

청보리 물결치는 사잇길을 걸으며

초록물에 젖어서 보리피리 불었지

푸른 꿈 종다리처럼 하늘 높이 솟구쳤지

풀꽃반지

졸업 앨범 들춰보면 재잘대는 동무들

발레리나 흉내 내던 오월의 들녘에는

지금도 개울물 흐르고 토끼풀꽃 피겠지

봉숭아 꽃물

열 손톱 감싸 안고 뒤척이던 여름밤

꽃물 든 손톱으로 첫눈을 맞이하면

애인이 생긴다는 말

마음 먼저 물들였지

달밤

깊은 밤 밝은 달빛 먹그림을 그립니다

옛 시인의 무현금이 어울리는 밤입니다

창호의 나무 그림자 자꾸 흔들립니다

족두리꽃

허전한 날 꺼내보는 희미한 사랑 하나

저도 홀로 나도 홀로 너울너울 흔들렸지

살며시 훔쳐보던 집 장독가의 족두리꽃

소식

맑은 날 택일하여 온전히 핀 자목련

유난히 아끼시던 화단가의 큰 꽃나무

먼 옛날 젊은 아버지 나무 곁에 계신다

아쉬움

일상을 다독이며 의연한 척 지냈더니

가을은 스러지고 빈 가지만 떨고 있다

나뭇잎 날리는 날들 전화 한 번 없었다

가을 장미

소슬바람에 움츠리는
붉은 장미 한 송이

오지 않는 편지를
기다리는 것일까

가랑잎 뒹구는 거리
오래된 추억 하나

깊은 강

일렁이는 물살도 없이 고요히 흐르는 강

갈맷빛 물그림자 여름 산을 품었네

고요한 저 강물처럼 도도하게 살고 지고

길례 언니

생강밭 사이로 난 황톳길 따라가면
할머니와 손녀딸 단둘이 살던 집
어릴 때 엄마 심부름 생강 사러 다녔다

어디 아픈 것처럼 생기 없던 여자아이
갓 뽑은 생강 몇 포기 받아 들고 돌아오며
속으로 빌어보았다 '언니야 아프지 마'

언니도 나처럼 이젠 많이 늙었겠다
누구와 결혼해서 어떻게 사는지
어쩌다 생각나는 날 행복을 빌어본다

3부

연잎 피우는
여명의 속삭임

마음 연못

마음 밖에 나와서 가끔 우는 나를 보고
내 마음 깊은 곳에 연씨를 심었다
마음에 눈물이 고여 연못이 되었다

싹 틔워 잎 피우고 꽃도 피울 요량으로
이른 아침 명상으로 하루를 시작한다
행복한 오늘을 위해 나에게 질문한다

'하늘은 스스로 돕는 자를 돕는다'
맑은 향기 서리는 내 마음 깊은 연못
고고한 연꽃의 미소 마주 보며 살리라

立春書입춘서

겨우내 글을 썼네

처마 끝 고드름이

마침내 얻어낸 명문

'立春大吉입춘대길 建陽多慶건양다경'

그리고 부서져 버렸네

봄비 되어 내리네

첼로 연주회에서

눈을 감고 보았네
인어가 된 나를

깊고 투명한 바닷속
오색 물고기 떼

춤추는 날개옷으로
산호 숲을 유영했네

꽃그늘

재미나게 놀다가 다치기도 하잖아요

사랑으로 덴 상처 가끔씩 아프지만

까짓것 잊어버려요 진달래꽃 피잖아요

여명

적막의 물결 속을 시어 찾아 헤맵니다

흙탕물에 연잎 피듯 흔들리는 오로라

새벽을 저어 오는 소리 한 줄 시에 얹습니다

마음 한 조각

소소한 슬픔쯤은 구름 조각 같은 것

구름 한 점 없는 하늘 그 느낌도 좋지만

흰 구름 떠 있는 하늘 운치롭지 않으랴

절호

천상의 강마을엔 매화꽃 지는갑다

향기 나는 꽃잎이 고이고이 날린다

넌지시 눈을 핑계로 고백하기 좋은 날

귀촌을 꿈꾸다

울타리콩 날마다 한 뼘씩 오르고

텃밭의 푸성귀가 도담도담 자랍니다

나날이 달라지는 모습
내일이 궁금합니다

앞산의 단풍이 어제보다 한결 곱고

주렁주렁 열린 감 주홍빛이 돕니다

나날이 달라지는 풍경
그림 속에 삽니다

둘이서

외딴집 가는 길섶 보랏빛 들국화

홀로 사는 할머니 마실 길에 피었네

저녁놀 붉은 하늘을 둘이서 바라보네

고라니의 길

양지꽃 핀 산길을 무심히 지나는데

고라니 한 마리가 후다닥 도망친다

그동안 고라니의 길을 내 길처럼 다녔네

내 꿈 꿔

속상한 일 있는 날은 푹 자는 게 약이다

차창 넓은 기차 타고 꿈길 여행 떠나자

옆자리 앉은 사람이 너였으면 좋겠다

그 또한 지나가리

억새풀 바람 타는 가을과 겨울 사이

이제는 그 아픔도 이따금 떠오른다

세월이 약이라더니 그냥저냥 지낸다

연륜

연륜이 쌓인 후에 비로소 알았다

나에게 입혀진 상처 내 잘못이 더 컸다

처지를 바꾸어보니 네 마음이 보였다

과유불급

큰 화분에 옮겨 심고 꼼꼼히 돌보는데

아끼는 서향나무 잎이 자꾸 떨어진다

때로는 하지 않는 게 더 잘하는 것이다

지우개

책을 읽다 문득
철이 들었습니다

초겨울 갈잎 같은
내 나이를 보았습니다

단둘이 만나고 싶은
속마음을 지웁니다

고뇌

오대양 육대주 안고 지구가 돌고 있다

춘하추동 경작하며 기우뚱 기우뚱 돈다

인간들 쓰레기 더미 버릴 데 없어 안고 돈다

주객전도

산비둘기 들고양이 겁먹고 달아난다

그런대로 평화롭게 제 삶을 사는 곳

불청객 우리 강아지 염치없이 날뛴다

벌써 2월

내 생애 모래시계
남은 모래 얼마일까

무더운 여름 갈 때도
석별의 심정이더니

오는 봄 심드렁하고
해야 할 일 바쁘다

4부

숲 속의 산책길
그림 같은 나의 뜨락

안빈낙도 安貧樂道

창을 열면 밀려드는 싱그러운 산 냄새
거실에서 보는 앞산 언제 봐도 감동이다
지금은 안개비 내려 수묵화가 펼쳐 있다

산새 소리 골물 소리 맑고 밝은 하모니
무지개 빛깔 들꽃이 무리 지어 피는 곳
숲 속의 나무다리 길 감사하며 걷는다

별빛 달빛 내리는 고즈넉한 밤이 오면
하루를 돌아보며 행복 일기 적는다
하늘이 정해준 자리 아름다운 나의 뜨락

파랑새를 찾아서

다른 나라 여행에서
돌아오는 강변북로

시원한 가로수길
바람 타는 능소화

한강 변 뛰노는 아이들
파랑새를 보았네

안부

울적함이 체증처럼 며칠 묵다 떠나는 날

창밖의 까치 한 쌍 괜찮냐고 묻는다

바람결 훈훈한 손길 먼 곳에서 묻는 안부

아라홍련

연씨 속에 간직한 아라가야 고운 사랑

탱화 속의 옛 모습 그대로 소생하여

칠백 년 잠에서 깬 공주 붉은 볼이 수줍다

금낭화

"우분투" 참 좋은 말
'우리들 있어 내가 있다'

일등만 상 받으면
여러 사람 슬퍼져요

이국의 예쁜 소녀들
손 꼭 잡고 달린다

산길

산딸나무 잎 속에서 튕겨 나는 새소리

그 언젠가 만났던 방울새 노랫소리

영롱한 소리구슬이 사방으로 흩어진다

라일락

그 사람의 은발이 바람에 나부낀다

언뜻언뜻 보이는 연보랏빛 라일락

은근히 끌리는 향기 멀리서도 스친다

물까치

꼬리 긴 푸른 새를 우연히 만났는데
우아한 날갯짓에 넋 나갈 뻔했어요
이름은 집에 돌아와 어찌어찌 알았어요

신비로운 모습에 어여쁜 이름까지
어쩌다 사랑에 빠져 그리움이 되었네요
가다가 그곳에서는 느릿느릿 걸어요

내리사랑

당부할 게 많지만 잔소리로 여길 테니

'좋은 하루' 이모티콘 조심스레 보내놓고

가만히 기분을 살피는 엄마의 아침 편지

부전나비

유월의 개울가에 산수국 꽃 무더기

해거름 산바람이 꽃가지를 흔들면

보랏빛 부전나비 떼 날아든 것 같아요

여우비

여우비 지나가고
생기가 다시 돈다

꽃뱀 한 쌍 풀숲으로
오붓하게 숨어들고

매미들 자지러진다
남은 생이 조급하다

석별

꽃밭을 찾아오던
사랑스러운 나비들

들고 다닌 내 화첩은
아직 비어 있는데

백일홍 한 송이 남고
나비들 다 가고 없네

추석 마중

추석이 내일모레 건들바람 신났다

과수원 둘러보며 잘 익나 만져보고

뒷마당 대추나무에게 서두르라 이른다

경주마 귀거래사

경마장 은퇴하고 제주도에 낙향했다
관광객 등에 태워 언덕길을 돌아와서
멋지게 사진 폼 잡고 다시 또 출발한다

기수보다 무거운 선글라스 낀 아줌마
정신을 가다듬고 뚜벅뚜벅 걷는다
무릎이 암만 아파도 사진 폼은 멋지다

이사

오래 살던 고향집 두고
아들네 간 것처럼

오래 지낸 흙집 두고
납골당 가셨는지

헤집어 버려진 집터
산바람이 둘러본다

배웅

십일월 마지막 날
가을을 배웅했네

마른 낙엽 밟으며
나 홀로 다녀왔네

가을이 떠나는 강나루
한참 있다 돌아왔네

하얀 숨결

엄동의 새벽 버스 차창에 핀 성에꽃

하루치 고단함이 오종종 모였네요

또 하루 하얀 숨결들 새벽 출근 합니다

이방인

아파트 건설 현장 외국인 노동자들

외화벌이 파독 광부 우리 역사 한 장면

내 친구 파독 간호사 독일에서 살고 있다

5부

슬픈 빛깔 위에
눈이 내립니다

꽃이 피는 까닭

아무도 못 말리는 생과 사의 경계에서

무심하게 피고 지는 별처럼 많은 꽃들

유한한 생의 슬픔을 빛깔로 말하네요

어느 봄날

주인 잃은 군번줄 묻혀 있는 산기슭

봄비가 두드리고 햇살이 어르더니

민들레 하늘을 향해 어머니를 부릅니다

바닷가에서

만 이랑 푸른 물결 사랑과 이별의 노래

한 소절씩 물고 올라 춤추는 갈매기들

지금은 가고 없는 사람 어른대는 수평선

몇 가지 빛깔

고흐의 밤하늘
일렁이는 별빛

슈베르트 겨울 나그네
눈 덮인 들판길

깊고 푸른 가을 하늘
기러기 떼 'ㅅ'자

사랑의 올가미

구리줄 칭칭 감고
반쯤 드러난 뿌리

난쟁이 솔 분재 앞에
다가선 측은지심

구리줄 풀어줬더니
시름시름 죽어간다

가을 수묵화

유채색 고운 날들 갈잎으로 흩어지는

거리의 가을은 무명 화가의 수묵화

군중 속 고독한 사람 제 나이를 헤아린다

청소부의 가을

은행잎 노란 거리 멋지다고 말 못 해요
밟히는 낙엽을 쓸어야 하는 사람은
온종일 고개도 못 들고 비질해야 하니까요

사람들은 낭만을 한 장 두 장 주워 가고
청소하는 사람은 꾹꾹 밟아 담습니다
구겨진 가을 낭만이 자루에 가득합니다

어디쯤일까

빨간 담쟁이잎을 장난질로 훑다가
노란 은행잎을 으스대며 뿌리다가
바람이 나의 계절을 샛눈으로 묻는다

여름 이미 지났고 가을도 늦가을쯤
내 생의 고갯길을 생각하고 있는데
어떻게 살 것이냐고 넌지시 또 묻는다

만추

나는 너무 멀리 와
가랑잎처럼 구겨졌다

막차 떠난 정거장을
서성이는 한 사람

고향을 버리고 떠나는
늦가을 밤 기차

눈 내리는 날은

바람아 불어라 지치도록 춤을 추자
흰 옷자락 스치면서 사락사락 뿌려라
너 떠난 그 언덕에도 온 천지가 꽃이더니

두둥둥 북을 쳐라 미치도록 두드려라
그날에 지던 꽃잎 눈이 되어 내리는데
너랑 나 살던 마을에 새소리가 다시 핀다

휘날리는 눈발 따라 훠이훠이 춤을 추자
시리고 여린 손끝 잡힐 듯 잡힐 듯이
둥 두웅 우는 북소리 하얀 꽃잎 그 꽃잎

솔을 그리다

나무야 겨울나무야
얼마나 추우냐
바람받이 바위틈에 허리 휜 소나무야
너처럼 살아가는 사람 여기저기 많단다

여윈 가지 쇠잔한 잎이
눈 속에 가련하다
고독한 화가는 네 모습을 그린다
너처럼 살아가는 사람 애처로워 그린단다

낙타의 길

거구가 낙타 타고
사막을 건넜다 한다

선택 없는 짐의 무게
숙명을 어찌하랴

낙타가 모랫길 가는데
내 갈증은 왜일까

法鼓 법고

나는 다시 태어나면

착한 농부의 소가 되리

한평생 일하면서 지은 죄 다 씻기거든

절 마당 큰북이 되어

청정하게 소리하리

첫눈 내리는 공원

노숙인 몇몇 사는 용산역 뒤 텐트촌

얼룩진 손 내밀어 눈을 받아 보더니

고개를 빠끔 내밀어 쳐다보는 먼 하늘

한파주의보

얼음덩이 담겨 있는 길고양이 물그릇

슬금슬금 도망가는 다리 저는 유기견

무심히 지나치는데 강 너머 화려한 불빛

겨울 산에 밤이 오면

용마산 산책길에서 자주 만난 생명들

동고비, 곤줄박이, 박새, 고양이……

오늘 밤 어디서 잘까 진눈깨비 내리는데

고백록

스물세 살 어리숙한 벽지 학교 여교사
우리 몸에 맞는 옷 우리식 민주주의
지침서 친절한 설명이 그럴듯해 보였다

교장님 따라간 마을회관 밤 출장
유신 찬성 투표하라 지침대로 말했다
그 밤의 꼭두각시춤 오래도록 부끄럽다

그 시절 아이들이 어른 되어 찾아왔다
제자들 환대에 어색한 스승의 날
스승은 제자가 있지만 나는 선생이었다

동안거 冬安居

서럽고 남루한 참회록은 그만두고

맑고 고운 서정시를 그림처럼 써보라고

함박눈 푸지게 내린다

떠돌던 발자취에

| 해설 |

온기의 미학 심원한 그리움의 정서

유지화 시인 · 서울교대 외래교수

이향자 시인이 시집을 출간한다. 정형의 백미라고 평가받은 『솔이 사는 절벽』에 이어 두 번째 시집이다. 시인의 시를 음미하다 보면 시는 누가 쓰는가, 그리고 시인은 왜 시를 쓰는가 하는 원초적인 물음에 해답을 얻게 된다.

시인 이향자. 문단에서 그를 만난 지도 어언 스무 해가 넘었다. 수유초등학교 교사였던 그는 5월 아카시아처럼 싱그럽고 해오름산 푸른 잎새처럼 청초하였다. 그 청아한 이미지는 처음 만났을 때나 지금이나 변함이 없다.

입춘의 창변에서 그의 시를 음미한다. 행간에 배어 있는 암시와 표현에 스며 있는 언어의 온도, 상징을 통해 체화된 그리움을 읽는 즐거움이 남다르다. 그리고 시인이 추구하는 시정신과 사물과 자연에 대한 세계관을 느낄 수 있어 기쁘다.

이향자 시인이 희구하는 시정신은 무엇인가. 그의 시 전체를 관류하는 맥락을 짚어보기로 하자. 어떤 빛깔의 원석이 어떻게 빛나고 있는지 살펴보기로 하자.

심원한 그리움의 정서

시인은 그리움으로 사는 사람이다. 그리움이란 무엇인가. 그리움은 시간이 주는 흔적이다. 그 그리움은 바로 정情이라고 할 수 있다. 만약에 시간이 정지되어 있다면 우리에게 그리움은 없을 것이다. 어쩌면 모든 사람들의 가슴속에는 아픔이든 슬픔이든 그리움이 있을 것이다.

시인은 끊임없이 그리움의 원천을 찾아 자신의 정서를 시전詩田에 담아낸다.

눈이 먼저 웃는 그대 저만치 오시네요

그대 앞에 수줍은 나 볼우물로 웃습니다

민망한 착각입니다 꽃 터널 탓이지요
－「덩굴장미 터널」 전문

눈이 먼저 웃는 그. 볼우물로 웃는 나.

시인은 그대가 그립다. 눈이 먼저 웃던 그대가 그립다. 그러나 결코 그립다고 말하지 않는다. 장미 터널 때문이라고 슬쩍 둘러대는 것이다. 꽃 터널 탓이라는 거다. 찬란한 꽃 터널은 환상이었단다. 민망한 착각이라는 반전이 미소를 머금게 한다. 이런 센스가 시인의 탁월한 시적 감각이며 말맛이다.

눈이 먼저 웃던 그대, 나오시라, 오버!

옛사랑을 들먹이며 여름 내내 손짓했지
꽃그늘 드리우고 내 발목을 잡았지
한 번쯤 만나보라고 내 마음을 흔들었지

옛 노래 부르며 숭얼숭얼 부풀던 꽃
꽃가지 흔들리면 나도 따라 설레더니
어느덧 지는 백일홍 백 날이 가고 있다
―「배롱나무 연가」 전문

배롱나무는 100일 피는 꽃이다. 숭얼숭얼 꽃송이가 부풀듯 시인의 사랑도 부풀어간다. 그렇게 흔들리며 설레고 있는데 꽃 지듯 사랑도 가버렸다. 어느덧 꽃이 지고 있는 것이다.

머물지 않는 자연의 질서, 그 엄연한 자연의 섭리 앞에 시인은 옷깃을 여민다. 시는 이렇듯 T. S. 엘리엇의 말처럼 '무엇은 사실이다' 하고 단언하는 것이 아니라 그러한 사실을 우리로 하여금 좀 더 리얼하게 느끼도록 해주는 것이다. 우주의 성쇠를 생각하게 하는 수작秀作이다. 그리움 속에서 백 날이 가고 있다. 세월의 덧없음과 이루지 못한 사랑의 아쉬움이 배롱나무에 이입되어 그리움을 자아내고 있다.

오래된 등걸에서 햇가지가 자란다

나도 한때 너를 바라 해후를 꿈꾸었지

네가 준 네잎클로버 책갈피에 아직 있다
―「네잎클로버」 전문

허전한 날 꺼내보는 희미한 사랑 하나

저도 홀로 나도 홀로 너울너울 흔들렸지

살며시 훔쳐보던 집 장독가의 족두리꽃
―「족두리꽃」 전문

그리움의 시인 이향자. 「네잎클로버」 「족두리꽃」 역시 그리움의 시다.

　연륜이 더해진다고 사랑하는 마음이 사라지는가. 오래된 등 걸에서도 햇가지가 자라듯 나이를 먹어도 사랑은 피어나고 그 리움은 싹튼다. 사랑은 서로에게 좋은 영향을 주고 즐거움을 준다. 기쁨을 선사하던 그가 준 네잎클로버가 아직 책갈피에 있는 것으로 보아 시인은 그 시절을 못 잊는 것이다.

　이번에는 시인의 시선이 족두리꽃에 꽂혔다. 까닭 없이 허전 한 날 우연히 족두리꽃과 마주한다. 둘이면서 하나여야 진정한 사랑이라고 했던가. 시인은 왜 장독대 홀로 핀 족두리꽃에 눈 이 갔을까. 젊은 날에 대한 그리움을 족두리풀이 대신하고 있 다. 족두리는 옛날 시집가는 신부가 머리에 썼던 화관이다. 나 이 어린 신부의 모습이 연상된다. 다시 오지 않을 젊은 날의 그 리움과 사랑이 아롱져 있다. 발로 걷고 마음으로 느끼고 관찰 하여 몸으로 관통할 때 이 같은 초점이 생긴다. 그리움에 사는 시인에게 어느 순간 족두리꽃이 선물처럼 와준 것이리.

겸허한 성찰, 온기의 미학

　나는 다시 태어나면

　착한 농부의 소가 되리

한평생 일하면서 지은 죄 다 씻기거든

절 마당 큰북이 되어

청정하게 소리하리
 —「法鼓법고」전문

 법고의 울림은 세상을 향한 진리의 외침이다. 시인은 이 세
상을 정화하고 진리 가운데 살고 싶어 한다. 정의와 진실이 무
너진 곳곳에 진리를 전파하고 싶은 것이다. 이는 다시 태어나
면 농부의 소가 되고 싶다는 것과 맥을 같이한다.
 그 많은 동물 중에서 왜 소가 되고 싶을까. 원시시대부터 성
실하게 인간을 위해 일하다가 인간을 위해 끝까지 헌신하는
소. 소는 인간을 위한 최초의 동력이었다.
 발견이야말로 시의 본질이다. 시인은 소의 가죽을 가공하여
만들어진 법고를 보면서 불현듯 '환생'에 생각이 미쳤을 것이
다. 환생이야말로 불교 윤회 사상의 기본이다. 그렇다면 무엇
으로 환생할까. 세상의 모든 직업 가운데 가장 권모술수가 없
는 진실하고 정직한 일이 농업이 아닐까. 더구나 시인은 그런
착한 농부의 소가 되고 싶다 하니 더 말해 무엇 하랴. 절절하게
더해지는 온기. 시의 씨앗이 자리 잡는 환희의 시간이다. 선을

지향하는 시인의 염원이 아로새겨진 걸작이 아닌가. 고결한 정
신세계의 지평이 새롭게 열리는 순간이다.

　　서럽고 남루한 참회록은 그만두고

　　맑고 고운 서정시를 그림처럼 써보라고

　　함박눈 푸지게 내린다

　　떠돌던 발자취에
　　　─「동안거冬安居」 전문

　정화를 의미하는 함박눈. 떠돌던 일상이 동안거를 통해 함박
눈으로 덮인다. 서럽고 남루한 나날이 한겨울 침묵과 수행을
통해서 맑고 깨끗하게 정화된다. 삶의 도량이 넓어지고 성숙해
졌다는 것을 푸지게 내리는 함박눈으로 환유하고 있다. 이것이
문학이라는 듯.
　다음은 빛이 스민 시인의 공간 「마음 연못」이다.

　　마음 밖에 나와서 가끔 우는 나를 보고
　　내 마음 깊은 곳에 연씨를 심었다
　　마음에 눈물이 고여 연못이 되었다

싹 틔워 잎 피우고 꽃도 피울 요량으로
이른 아침 명상으로 하루를 시작한다
행복한 오늘을 위해 나에게 질문한다

'하늘은 스스로 돕는 자를 돕는다'
맑은 향기 서리는 내 마음 깊은 연못
고고한 연꽃의 미소 마주 보며 살리라
－「마음 연못」전문

시인은 연못 하나 만들었다. "마음 연못"－이 풍진세상을 눈물로만 보낼 수 없어 마음 깊은 곳에 연씨를 심었다. 연씨를 심은 건 진흙 속에서도 싹 틔우고 잎 피워 꽃을 피우겠다는 시인의 의지로 볼 수 있다. 연씨란 무엇인가. 시인의 꿈이다. 행복한 삶을 향한 시인의 의지다. 선으로 살고 싶은 시인의 호소다. 그것이 너무 눈부시면 받아들이기 힘들기에 그저 고고히 연꽃의 미소를 마주 보며 살겠다는 것이다. 가히 정결한 사유의 결정체다.

얼음덩이 담겨 있는 길고양이 물그릇

슬금슬금 도망가는 다리 저는 유기견

무심히 지나치는데 강 너머 화려한 불빛
—「한파주의보」전문

어디 길고양이, 유기견뿐이겠는가. 여기에서 유기견과 길고양이는 서럽고 힘든 이, 꿈을 잃은 이들의 상징이기도 하다. 시인의 시선은 고단한 사람들의 풍경을 외면할 수 없었다. 시인의 가슴은 현실의 아픔과 어쩐지 대비되는 불빛을 지나칠 수 없었다.

시인의 인간적인 따뜻한 관점은 사각지대에 있는 절박하고 소외된 이웃들에게 상처의 치유제가 되고 있다. 고조되는 사회 양극화 현상을 유감없이 발휘한 절창이다.

꿈과 현실 사이, 아라홍련 피듯

지금 와 생각하니 내 어릴 적에 시가 싹텄다
마음 고픈 아버지가 빈 땅마다 꽃을 심어
꽃들과 이야기하며 구김 없이 자랐다

어머니는 자식들 고픈 배가 우선이라
먹을 것과 입을 것 유실수를 심었다

감나무 푸른 그늘에서 순수하게 자랐다
 -「고향집 식물원」전문

　단아한 용모, 예지叡智의 시인으로 정평이 나 있는 이향자 시
인. 시인의 눈부신 오늘이 있기까지 부모님의 세심한 양육이
있었던 것이다.
　아버지는 꽃나무를 심어 정서 함양에 도움을 주셨고, 어머니
는 유실수를 심어 경제관을 심어주셨다. 이 같은 조화 속에서
시인은 꿈과 현실을 균형 있게 모색할 줄 아는 아름다운 시인
으로, 존경받는 선생님으로 보람을 키울 수 있었을 것이다. 시
인은 건강한 삶 속에 피어난 꽃 중의 꽃이다.

　겨우내 글을 썼네

　처마 끝 고드름이

　마침내 얻어낸 명문

　'立春大吉입춘대길 建陽多慶건양다경'

　그리고 부서져 버렸네

봄비 되어 내리네
　　ー「立春書입춘서」 전문

입춘서를 쓰기 위한 겨울 이야기다. 입춘이 되면 사람들은 한 해의 소망을 담아서 입춘서를 쓴다. "立春大吉 建陽多慶"ー 봄이 시작되니 크게 길하고 경사스러운 일이 있기를 기원한다는 이 명문을 쓰기 위해 겨울이 있었던 거다. 사람들은 입춘을 기다리면서 긴 겨울의 고난을 이긴다.

고드름이 달리고 눈이 내리고 북풍이 불었다. 봄비가 들려주는 겨울 이야기에 귀를 기울이는 시인. 기쁨의 새봄이 오기까지 처마 끝 고드름의 희생이 있었음을 기억하자는 것이다.

아무도 못 말리는 생과 사의 경계에서

무심하게 피고 지는 별처럼 많은 꽃들

유한한 생의 슬픔을 빛깔로 말하네요
　　ー「꽃이 피는 까닭」 전문

표현은 쉽고 의미는 심오하다. 시인은 삼라만상의 생성과 소멸에 묵념한다. 소멸하는 것이 어찌 꽃뿐이겠는가. 별처럼 수많은 생명이 있지만 어느 빛깔의 삶도 그 유한함을 피할 수 없다. 누구도 거부할 수 없는 숙명이요, 슬픔이다. 세상의 살아 있는 모든 유한성 앞에서 더욱 겸허해지는 시인의 모습이 오버랩된다.

나는 너무 멀리 와
가랑잎처럼 구겨졌다

막차 떠난 정거장을
서성이는 한 사람

고향을 버리고 떠나는
늦가을 밤 기차
—「만추」 전문

만추의 쓸쓸한 정취가 가득 채워진 시전詩田. 시간과 공간을 넘나드는 선명한 이미지가 한 편의 영화 같다.

모든 예술은 화려함보다 외로움 가운데 있다. 삶의 덧없음, 흔적의 자취라 해도 좋을 늦가을 밤 기차, 서성이는 한 사람, 구겨진 가랑잎, 이는 이향자 시인 자신이다. 자신의 내면 풍경을 어떻게 시의 생명력으로 승화해야 하는지 시인은 알고 있다. 시조의 전통 기법을 벗어나 공감대를 형성하는 초감성적 예지가 돋보인다. 시인의 적막한 심경을 칸트의 숭고미로 숙성한 시조 미학이다.

　살펴본 바와 같이『마음 연못』의 주조는 심원한 그리움의 정서, 삶에 대한 겸허한 성찰, 온기의 미학이다. 독자들은 이 시조집을 통해 삶을 통찰하고, 인생을 되돌아보고, 진실한 삶을 추구하게 될 것이다.
　시인이 심은 연씨 하나, 아라홍련 피듯 오롯이 빛나고 있다.

마음 연못

—

초판 1쇄 2020년 3월 25일
지은이 이향자
펴낸이 김영재
펴낸곳 책만드는집

—

주소 서울 마포구 양화로3길 99, 4층 (04022)
전화 3142-1585·6
팩스 336-8908
전자우편 chaekjip@naver.com
출판등록 1994년 1월 13일 제10-927호
ⓒ 이향자, 2020

—

—

ISBN 978-89-7944-720-0 (04810)
ISBN 978-89-7944-354-7 (세트)